現代短歌パスポート2

恐竜の不在号

書肆侃侃房

目次

岡野大嗣

foil

たぶん傷、傷から生まれている線が雷雨にまぎれて始まる映画

風邪の部屋　屋上と知らされず出た屋上に満月が出ている

草色の胴をした虫　シーリングに来る日も来る日も光を連れて

線香の煙で痛くなった目にほどなく感情が押し寄せる

レコードに針を落として追っている他人が引いたアンダーライン

ブラインドテストをしたら当たってた　トイ・ピアノA　トイ・ピアノB

腕時計のかわりにコンパスを巻いて南が狂うころ会いに行く

充電のケーブルをまとめて捨てる　季節が入れ替わって気が引ける

病み上がりみたいな髪をはみださせ日本ではあまり見ないロゴキャップ

乗ってきた人がすっかりいなくなる向こうの岸がにぎやかな夜

もう次の駅が見えてる　ぶつかった視線が次の駅の空を向く

ナショナルの時計　ナショナルの滑り台　ナショナルの星空の見える丘

雨模様のハンカチを振って遠ざかる野原へ地下鉄を通したい

黒板の消えない日付の痕跡をアルミホイルに包んで燃やす

光景機　いちばんお気に入りのエラー　あなたはあなただけの光景機

大森静佳

オーガンジー

半袖のあなたの腕を這いのぼるほくろたち遠くが夜になる

あふれそう　畳のうえに四人いたはずの祖父母の眼球八つ

熱き湯の深さまばゆい銭湯に恥骨はなにを恥じている骨

壁からも顔からも穴があふれだし眠れずにいる猿の手をして

象牙色のタオルケットを巻きつけて風邪のわたしをお盆へ送る

ほっぺたが網戸のように風を吸いこどものこどものこどもがあなた

いつかわたし蛙のおかあさんになる死後はあんなにあかるい沼地

黒いワンピースに似合うハンガーを探しに海の底へゆくのよ

ミントの葉はよく見ると凹凸が深い迂回せよ泣くという恍惚を

瞳《め》のなかに黒鍵白鍵鳴りながらあなたは何も言わないけれど

鴨川をゆめの裂け目と言うひとのなにも巻かれていない手首よ

花火の音ずんとひびきぬ湖岸へとあつまったおびただしい骨盤に

金魚みなあおむく夏よ四季のうちもっとも天井画にちかいのは

死ぬのことを死ぬると言っていた父の口から糸蜻蛉すうすうと

オルガンのペダルのような踏みごこち地上は沈黙のためならば

寺井奈緒美

わんたんたんか

スパイスの効いたカレーを食べてからきらめき増した世界を詠みます

パンチェッタバジルシュリンプもちめんたいピザのチラシは花火大会

せっかくの持ち手があるし炊飯器持って浜辺を歩いてみたい

空の色アズールブルーと教えたらしゃらくせえって風が笑った

ぐあんぐあんと開店祝いの花かごが換気の風にさらされている

ごめん空　晴れてる君が好きなんて言って無神経だったよね

豪雨から日本列島守るためわらわら集う傘マークたち

箸袋の中の爪楊枝が指に刺さったので百年眠ります

成し遂げた人の多さよお茶漬けにカリカリ梅を入れた人とか

吠え合って尻の匂いを嗅ぎ合って打ち解け合っていいなお前ら

店員にごちそうさまは言わないが皿に合掌する派の皆さん

ワンタンのように具の少ない会話つるっと交わした後あったかい

ご自愛をする訓練で和菓子屋にスイートポテトを買いに行こうよ

蹴飛ばされ今朝もやっぱり蹴飛ばされそれでも毛布は愛でできてる

「さみしさ」と「おさしみ」は似てるね君の「さみしさ」は新鮮でおいしい

我妻俊樹

海岸蛍光灯

人形は背中をあけて待っている複製の噂をしてみないか

考えてごらんよきみは土星にも意識をとばす活字のように

惑星や動物たちのかぶりもの、下着のように散らかっている

なかったよあの店　ゆびをあたためるコーヒーが樹影にもどされる

誰からも同じ話を聞きたくてかぶってる砂糖まみれの帽子

愛だけで行き来を　石の乗り物をそれぞれ冬の庭が囲んで

高速道路で何をわかっているのかな霧をつかまえにひろげた手

一生があればうるさい虫たちは同じところを話し続けた

宇宙には行けないことがすべてです　出口と書いた銀の看板

少年が少年を狩る映像がトーストのバターを光らせる

あなたのは変身で磨かれた瞳　いたことのあるどこかの庭で

グレープフルーツ味の空気が会話する雪の里から言葉を借りて

真冬でも感じられてる見る価値のない透明な市民ギャラリー

どうしても枯草だけがにおってる自分が深夜の道だとすれば

はずむ月　リンクの切れた図書館が落葉に沈み込む音がする

伊舎堂仁

も可

電話したら川にいて、やっぱ好きだってなって　喋って　切って、終わった

あなたがまだ今よりももっと早口でマジでいきなり笑ってたころ

う～ん………

これだともうあまりにもインターネットすぎるからって削除するとき

夏の　セックスはあった失恋は日本で暮らすくらいきついね

〈来た電話に、謝る〉人に〈怒るために〉、電話してくるのがいる星で

ああ　これをおもしろいからこの人はあんまりおもしろくないんだな

地下茎《ちかぐき》で困らせたいな　おまえみたいなのの家の庭に竹を植えて

ステーキキャンセル　それは恋で、おれにとってだけは勇気でキャンセルするステーキ屋

ラブレター代筆バイトで昼メシ代稼《だい》いでたよ。と嘘をつく人

「これ系は刑務所の中でめちゃくちゃいじめられるから大丈夫。」と言うな

代表曲『やさしくなりたい』よりしみそう……　新曲『やさしくなりたい』

ワイパーで虫をどけるとき　ブッシュ元大統領くらい目が細くなる

おたまじゃくしだ　ヘリコプターか

天国は無いと思うけど天国に行けた人ってのはいると思う　オラッ　って

勝手にあるでかい時計が間違ってて　に「故障中」っても貼ってある市で

安田茜

森なんてない

いつも開いてないとびらが開いている　さやかな星をひたすら臨む

スピードを落とせば崩れそうだったそこに火の手がさしのべられた

寒い地下　近々移転する店がほんのすこしのクーポンくれる

おそろしい雨が降れども分かり合う必要はない　雨色の槍

歌うべき歌が見つからない中のあたまで鳩がつぶれてしまう

なみだにはきっと小さな水源がそして水源にも来た場所が

硝子降る森を抜ければ夜があり、 でも森なんてないのどこにも

持っているものをわたしに見せつけてあなたは凍りついてしまった

台風が来るらしいって言ってたね、おもちゃの兵隊にそう告げる

呪詛まぜてポトフをつくるこの夜はひとりですべて飲み干すつもり

その塔の窓はずいぶん上にありそれを見上げて雨季を暮らした

血肉にならないものばかり食べ地獄への往路にメモをひとひらなくす

さるすべり道に点ってゆれていて手のひらは心臓にさわりたい

夢によく出てくる場所に似ているが夢にはなかった青いテーブル

その青年は季節の終わりを伝えるとワインの涙をながしたという

谷川由里子

残暑

朱かったシャツを着ている　まだ朱い　日に焼けてこそ朱いポロシャツ

懐かない蟬のようなるあのひとは自分の好きな席で働く

くちなしの花を覚えたこの夏のままで生きたら、生きられたなら、

太陽は見た目もいいなその横でまるく大きく太ってみたい

ローソンはなんの略なのローソンはこころゆくまで正式名称

二袋買うと決まった夏なれど氷どうしで氷とけない

中盤の蛇足のようなキスシーンが気持ちよさそうでどきどきした

ハートの目なおも留まらぬ、涙かな　生ける限りは滴り落ちる

年老いるウォーターマッシュルームは今夏　奇跡のように葉を増やす

ムーミンとスナフキンとミイが招き猫してるどんなランタンだったんだろう

灰色の猫になるまでお布団を大きくなでる　生き返るまで

埃っぽい夜明けに歴史だからねと揺り起こされて見た銅メダル

うさぎにもおでこがあるね白髪になればお楽しみのショートカットさ

宇宙は収縮しないのにきみは近くなる　歌そのものと歌う

どの星もどこかに向かっているように見えるの夜のスロージョギング

北山あさひ

板子一枚下は地獄、今度会えたら笑ってよ

いわゆる「北洋漁業」は、缶詰・塩蔵設備などをもつ七千～一万トンの母船を中心に、補助母船、運搬船、給油船、そして実際に漁をする数十隻の独航船によって編成された船団で行われた。オホーツク海やベーリング海などの北太平洋で、サケやマス、スケトウダラ、カニなどを捕獲・加工し、莫大な経済効果をもたらした。

まぼろしの船団はゆく黒白のカラーテープ降る降るみなと

暗緑の胸をかもめが突き抜けて甲板長《ボースン》けむりのようにわらえり

が、は、は、と笑えば巨《おお》きくなるわたし胸の谷間を剛毛のぼる

もっともっと大事なことを思いだす嵐を顔で切り拓くたび

あかがねの力が腕に盛り上がるいつか一人で下りてきた丘

伸ばす・摑む・曳く・抑え込む・ぶん投げる　取り戻したい動詞のすべて

船内での生活を豊かにしようにも、人並みの楽しみを求めようにも、白くそびえたつ島も、海も、風も、人の営みに背をむけ、鋭く対峙しているのだった。漁師たちも、甲板から一刻も早く暖い食堂へ、風のあたらない中デッキへとひたすら自然を避けていた。〝稼ぎになる〟ただ、そのことだけが北洋漁業を成立させている条件であり、沖に、ぬくもりは存在しなかった。

——平野禎邦　写真集『北洋』（小学館／一九八三年）

鮭、鮭、鮭、銀、銀、銀の顔、顔、顔　Too Young To Die, Too Late To Die.

ブリッジで楽しいひとときを過ごすと、私の朝の肩ふり散歩の次の立寄り場所は、ブリッジのすぐとなりの、漁撈部である。（…）本場宮城の正真正銘のササニシキのおにぎりだの、美味《おい》しい羊かんだの（虎屋ですぞ）、いれたてのコーヒーだのを、毎日のようにご馳走になったものである。

——田村京子『北洋船団　女ドクター航海記』（集英社／一九八五年）

海底《うなぞこ》にぼうれいたちの街はある　とらやはない　一生わからない

夜じゅうをはらわた掻き出す人もいる銀の鱗に頬を灼きつつ

リカちゃんでわたしは遊んでいたのだが喘ぎの中の毛深き太陽

目を開けて紅鮭、白鮭、カラフトマス、銀鮭、マスノスケ駆けてゆく

大漁だ、大漁だ、きみを忘れない　江東区からタラバガニ

ひゃくまんの脚がタワーを打ち鳴らしさらばさらばのおーろら小唄

綱を曳く力に星は瞬いて一人にひとつ古き顔あり

北洋漁業は、各沿岸諸国による二〇〇海里規制などのために操業が困難となり、一九八八年（昭和六三年）の出漁を最後に終焉した。

大漁旗なびかせていま船団は　が、は、は　毛の生えた月の横

小島なお

群か星

わたしを僕と呼ぶときにだけ見える庭　月桃の実を蹴って転がす

扇風機の羽の埃を（さようなら僕たちの八月）拭いとる

夜のあいだにひしゃげたガードレールにも南の雨が運ばれてくる

折り紙の畳み方　山羊の眠り方　かなたの指が雨を光らす

夏服をすこしほどいて秋服へひとびとをほどいて戦闘へ

志願兵二十七万、花と花集めたそれを花束と呼ぶ

敗北を受け入れる能力、という魚が泳ぎ去るのが見えた

捨てないでいれば手紙のままだったヤシガニが岩壁を登りぬ

モールから大通りへとスコールが音からやがてひかりに変わる

夜の渚、漂着ごみのうすあかり。あかりのひとつになれば寒いな

群《むり》か星《ぶし》人さし指をたてながら歩めば飛んでくる戦火だと

上下する眠りの胸の川平湾《かびらわん》櫂差し入れる腕を伸ばして

指と指ひろげ生まれた入り江から浸りゆく海の、浪費の、泡の

重力の世界でここは、おやすみと言えば瞼は閉じられてゆく

スロープに凭れて待った。靴底の底に揺らめくもう秋の海

川野芽生

恐竜の不在

夏が夏を篤く病みゆくこの夏をわれらの影はゆく足早に

展示室、ほのぐらくしてマーコールの角の螺旋は空《くう》に喰ひ込む

前肢を宙に留めて昼月のごと皓かりき馬の骨格

鳥に近しき橈骨秘めて手は舞へりときにいきものを解体しつつ

鞠のやうに蛇骨を丸め標本士は告げきぬ蛇の尻の在り処を

蛇に肋ぎつしりとあるうれしさの、たとへば人を持たぬ星系

鯨骨を天井に吊りその下をゆきかふ魚の敬虔をもて

屋上に脱ぎて揃へし沓のやう鯨骨に小《ち》さく添ふ後足

水はみな海へと流れいくたびもいきものは陸に見切りをつけぬ

モニターの微睡みのなかループする竜の絶滅の旧い学説

設計図失はれたる城のごと並べ替えられ続くる骨よ

竜たちの残せしパズルうつくしく人の頭蓋のうちに陽炎

恐竜を象る指環失せにけり。わが指啖ひ受肉したるや

わたしの膝、パーツが妙に多いのよ。時計の蓋を外すごと告ぐ

恐竜の不在　われらは月の夜も月のなき夜も歯を磨き寝る

執筆者プロフィール

岡野大嗣（おかの・だいじ）

一九八〇年大阪府生まれ。歌集に『サイレンと犀』『たやすみなさい』『音楽』『うれしい近況』。共著に『玄関の覗き穴から差してくる光のように生まれたはずだ』『今日は誰にも愛されたかった』。がんサバイバー当事者による、闘病の不安に寄り添う短歌集『黒い雲と白い雲との境目にグレーではない光が見える』を監修。

大森静佳（おおもり・しずか）

一九八九年岡山県生まれ。第五十六回角川短歌賞を受賞。歌集に『てのひらを燃やす』（角川書店）、『カミーユ』（書肆侃侃房）、『ヘクタール』（文藝春秋）。「京大短歌」を経て現在は「塔」所属。京都市在住。

寺井奈緒美（てらい・なおみ）

一九八五年生まれ。愛知育ち、東京在住。二〇一九年、新鋭短歌シリーズ『アーのようなカー』（書肆侃侃房）刊行。二〇二三年、短歌とエッセイ『生活フォーエバー』（ELVIS PRESS）刊行。

我妻俊樹（あがつま・としき）

一九六八年神奈川県生まれ。歌集『カメラは光ることをやめて触った』（書肆侃侃房、二〇二三年）。『起きられない朝のための短歌入門』（平岡直子との共著、書肆侃侃房、二〇二三年）。他、怪談作家として著書多数。

伊舎堂仁（いしゃどう・ひとし）

一九八八年沖縄県生まれ。歌集に『トントングラム』『感電しかけた話』。反転フラップ式案内表示機と航空障害灯をこよなく愛する。

安田茜（やすだ・あかね）

一九九四年生まれ、大阪在住。短歌誌「西瓜」同人。第四回（二〇二二年）笹井宏之賞個人賞（神野紗希賞）受賞。二〇二三年三月、第一歌集『結晶質』を書肆侃侃房より出版。

谷川由里子（たにがわ・ゆりこ）

一九八二年神奈川県藤沢市生まれ。二〇一八年に「シー・ユー・レイター・また明日」五十首で第一回笹井宏之賞大森静佳賞を受賞。二〇二一年に歌集『サワーマッシュ』（左右社）を刊行。

北山あさひ（きたやま・あさひ）

北海道小樽市出身、札幌市在住。第一歌集『崖にて』（現代短歌社）。今秋、第二歌集『ヒューマン・ライツ』（左右社）を刊行。

小島なお（こじま・なお）

一九八六年東京都生まれ。「コスモス短歌会」選者、同人誌「COCOON」編集委員。歌集に『乱反射』『サリンジャーは死んでしまった』『展開図』。千葉聡との共著『短歌部、ただいま部員募集中!』。

川野芽生（かわの・めぐみ）

一九九一年神奈川県生まれ。第二十九回歌壇賞受賞。第一歌集『Lilith』（書肆侃侃房、二〇二〇年）。小説集に『無垢なる花たちのためのユートピア』（東京創元社、二〇二二年）、『月面文字翻刻一例』（書肆侃侃房、二〇二二年）、『奇病庭園』（文藝春秋、二〇二三年）がある。第二歌集準備中。

現代短歌パスポート2　恐竜の不在号

二〇二三年十一月五日　第一刷発行

著者　岡野大嗣　大森静佳　寺井奈緒美　我妻俊樹　伊舎堂仁
安田茜　谷川由里子　北山あさひ　小島なお　川野芽生

発行者　池田雪
発行所　株式会社 書肆侃侃房（しょしかんかんぼう）
〒八一〇－〇〇四一　福岡市中央区大名二－八－一八－五〇一
TEL：〇九二－七三五－二八〇二　FAX：〇九二－七三五－二七九二
http://www.kankanbou.com　info@kankanbou.com

編集　藤枝大
デザイン　藤田裕美
装画　楢崎萌々恵
DTP　黒木留実
印刷・製本　シナノ書籍印刷株式会社

ISBN978-4-86385-599-1　C0092